www.ingramcontent.com/pod-product-compliance
Lightning Source LLC
LaVergne TN
LVHW050819051026
849532LV00008B/3029
9789369088812

پرایا دل

(افسانے)

توصیف چغتائی

Paraya Dil *(Short Stories)*

by: Tauseef Chughtai

Edition: January '2025

Publisher :

Taemeer Publications LLC (Michigan, USA / Hyderabad, India)

ISBN 978-93-6908-881-2

کتاب	:	**پرایا دل** (افسانے)
مصنف	:	**توصیف چغتائی**
صنف	:	فکشن
ناشر	:	تعمیر پبلی کیشنز (حیدرآباد، انڈیا)
سالِ اشاعت	:	۲۰۲۵ء
صفحات	:	۶۰
سرورق ڈیزائن	:	تعمیر ویب ڈیزائن

فہرست

نام :- توصیف چغتائی

پیدائش :- علی گڑھ یو پی، ہندوستان

جہاں تعلیم حاصل کی :- مسلم یونیورسٹی علی گڑھ ، سندھ یونیورسٹی

پیشہ :- ملازمت

سرِ لفظ

یہ ۱۹۵۹ء کے کسی مہینے کی بات ہے۔ آسمان کی نیلگوں وسعتوں پر پورا چاند دہک رہا تھا اور میں اس دن بے انتہا بے چین تھا۔ نیند کوسوں دور تھی۔ اچانک انکشاف ہوا کہ لفظ میرے چاروں طرف شور مچانے لگے۔ لفظوں کے اس شور نے میرے ذہن میں ہل چل مچا دی۔ پھر میں آنکھیں ملتا ہوا اٹھا اور لفظوں سے دوستی کرلی۔

لفظ جو انسانیت کا شرف ہیں۔ سچے اور زندہ لفظ جو زندگی کی سچائی کے سفر کا اشاریہ ہیں۔ وہی لفظ میرے دوست، میرے ہمدم، میرے غمگسار بن گئے۔

1959 سے کر اب تک میں نے بہت کچھ لکھا۔ جب میں لکھنے میں بیٹھتا ہوں تو یہی لفظ میرے خون میں شامل ہوکر سیاہی کا روپ دھار لیتے ہیں۔ انسانوں کے دکھ درد محسوس کرتے ہوئے یہی لفظ آنسو بن کر میری آنکھوں میں امڈ آتے ہیں۔ پھر یہی لفظ میرے ذہن کے دریچوں میں ہل چل مچا دیتے ہیں۔

لفظ ہنساتے بھی ہیں، لفظ رلاتے بھی ہیں، لفظ دکھ بھی دیتے ہیں اور خوشیاں بھی عطا کرتے ہیں۔ —— لفظ میرا اثاثہ ہیں، لفظ میرا سہارا ہیں۔ یہی لفظ خدا سے مجھے ملاتے ہیں اور بندگی کا احساس دلاتے ہیں کٹھن وقت میں یہی لفظ میرے لیے پل صراط بھی بن جاتے ہیں۔

لفظ جو زندگی کی سچائی ہیں، قدرت کا حسن ہیں۔ یہی لفظ میرے دوست ہیں۔ ان ہی لفظوں کی دوستی نے مجھے قلمکار بنا دیا اور میں نے اب تک جو کچھ لکھا اگر اسے ایک جگہ ایک کہانی کا روپ دے دیا جائے تو وہ میری آٹو گرافی بن جائے۔

میں جو کچھ لکھتا ہوں سچ لکھتا ہوں ۔ ذاتی زندگی میں بھی میری یہی کوشش رہتی ہے کہ سچ بولا جائے۔ سچ لکھنا اور سچ بولنا بڑی اذیت ناک بات ہے کیونکہ اس منافق معاشرے میں آدمی سچ بول کر اپنی راہوں میں کانٹے بوتا ہے اور اس کا سراپا لہولہان ہو جاتا ہے ۔ جھوٹا آدمی مکار اور کمینہ ہونے کے ساتھ ساتھ بزدل بھی ہوتا ہے اور خدا کا کرم ہے کہ میں بزدل ہوں نہ کمینہ ۔

لفظوں نے مجھے جہاد کرنا سکھا دیا ہے ۔ زندگی کی سچائیوں کے لیے ۔ دکھی انسانیت کے لیے اور ان کے لیے جو میرے اپنے ہیں ۔

توصیف چغتائی

”— زندگی کے اس موڑ کی کہانی جہاں انسان تو انسان، جانور بھی خود غرضی کا روپ دھار لیتے ہیں. اس نے ایک لڑکی سے شکست کھا کر ایک کتیا سے دل لگایا مگر خواہشات کے دھارے میں بہہ کر وہ بھی اسے تنہائیوں کے عذاب میں ڈبو کر گم ہو گئی —“

موڑ

اس روز جب میں آفس سے لوٹا تو لوسی حسبِ معمول میری منتظر تھی۔ جوں ہی میں گیٹ تک پہنچا وہ دم ہلاتی ہوئی تیزی سے آئی اور میرے قدموں میں لوٹنے لگی۔ میں نے پیار سے اسے تھپکا دیا اور لان سے ہوتا ہوا کمرے تک چلا آیا۔ برآمدے میں آکر وہ دم ہلاتے ہوئے تھم گئی لیکن جب میں کپڑے تبدیل کر کے واپس باہر آیا تو وہ جانے کہاں چلی گئی تھی۔!

منہ ہاتھ دھو کر میں لان میں بچھی ہوئی کرسی پر بیٹھ کر شام کا اخبار پڑھنے لگا۔ اس عرصے میں رحمان چائے بنا کر لے آیا اور چائے پیالی میں انڈیلتے ہوئے اس نے دو لفافے میرے ہاتھ میں تھما دیئے۔!

ڈاک کے معاملے میں، میں بہت کمزور واقع ہوا ہوں اگر میں مر رہا ہوں اور ایسے موقع پر ہرکارہ ڈاک لے کر آجائے تو میں شاید اس وقت تک مر بھی نہ سکوں جب تک خط پڑھ نہ چکوں۔! چنانچہ چائے کو بھول کر میں نے پہلا لفافہ چاک کیا۔ میرا اندازہ صحیح رہا۔ یہ ممی کا ہی خط تھا۔

ممی کو ان دنوں جانے کیا ہو گیا ہے۔ بس ہر خط میں لڑکیوں ہی کی باتیں کرتی ہیں۔ فلاں لڑکی اتنی خوبصورت ہے کہ چاند بھی شرما جائے

فلاں لڑکی اتنی سمارٹ ہے وغیرہ وغیرہ۔ اب ممّی کو بھلا کون سمجھائے کہ مجھے شادی کرنی ہی نہیں، فلاں لڑکی اسمارٹ اور فلاں لڑکی چاند جیسی ہے تو میں کیا کروں۔؟

ممّی ڈارلنگ! تم بھی کتنی سیدھی سادی ہو تم یوں کیوں نہیں سوچتیں کہ چاند کو بھی گرہن لگتا ہے اور اس میں بھی گہرا داغ ہے۔ شادی تو دو دلوں کا حسین سودا ہے اور یہ سودا کرتے وقت میں سب کچھ ہار چکا ہوں اور اب میرے پاس رکھا ہی کیا ہے؟ جی چاہتا ہے کہ ممّی کو لکھ دوں ممّی پلیز مجھے نہ ستاؤ شادی کا نام سن کر میرا سارا ذہن سلگ اٹھتا ہے اور پھر اس آگ کو بجھانے کے لیے مجھے ڈرنک کرنی پڑتی ہے۔ لیکن۔ لیکن ممّی کو میں سب کچھ لکھ سکتا ہوں پر لکھ نہیں سکتا۔ میں تو ان سے ذرا رد کھے پن سے بات بھی کروں تو وہ بے تحاشا رونے لگتی ہیں۔ پپّا کا ذکر کر کے وہ بے ہوش ہو جاتی ہیں۔ اب انہیں بھلا کون سمجھائے۔

اچانک لوسی دھیمی آواز میں بھونکتی ہے۔ اور اس لمحہ مجھے احساس ہوتا ہے، جیسے یہ لوسی کی آواز نہ ہو بلکہ نشی کی گاتی ہوئی آواز ہو۔

"خط پڑھتے رہیے گا۔ چائے ٹھنڈی ہو رہی ہے۔۔"

یکایک چونک کر میں لوسی کی طرف دیکھتا ہوں جو میرے قریب کھڑی برابر دم ہلائے جا رہی ہے۔ اچانک میں یادوں کے بھنور میں پھنس جاتا ہوں۔

وہ ان دنوں پپّا کا انتقال ہو چکا تھا اور میں بی۔ اے کے آخری سال کا طالب علم تھا۔ پپّا کی موت نے ممّی کے سارے منصوبوں پر پانی پھیر دیا۔ اپنی عزت اور خاندانی وقار کے ناطے آہستہ آہستہ وہ ساری جمع شدہ

پونچی لٹاتیں رہیں ۔ آخر ایک دن نوبت یہاں تک آ پہنچی کہ مجھے تعلیم ادھوری چھوڑ کر ملازمت کرنی پڑی ۔ اور جس دن نشی کی ممی کو ہماری گرتی ہوئی حالت کی خبر ہوئی تو نوبت یہاں تک آئی کہ انہوں نے نشی کو مجھ سے ملنے کے لیے منع کر دیا اور خود بھی ہمارے گھر آنا جانا بند کر دیا ۔ لیکن مجھے نشی پر اعتماد تھا اپنی محبت اور اپنے خلوص پر مکمل بھرم ۔ ہم مستقبل کے بارے میں کیا کیا باتیں نہ کر چکے تھے ۔ اکثر نشی مجھے سگریٹ پیتے ہوئے دیکھ کر چھیڑتی ۔ خدارا! اس قدر اسٹائل سے سگریٹ نہ پیا کیجیے ورنہ لڑکیاں مر مر جائیں گی ۔ پھر بڑی اپنایئت سے میری نکوٹین زدہ انگلیوں کو دیکھ کر بڑے پیار سے کہتی "بس اب آپ زیادہ سگریٹ نہیں پئیں گے سمجھے؟" یہ کہہ کر وہ خاص اسٹائل سے مجھے گھورنے لگتی ۔ اور میں فوراً قسم کھالیتا "اب زیادہ سگریٹ پیوں تو میرے ہونٹ جلیں ۔ بس اب تو خوش ہو نا؟" اکثر وہ چائے بنا کر دیتے وقت مجھ سے کہتی،

"چائے سے تو آپ کو عشق ہے ۔ خدارا اتنی چائے نہ پیا کیجیے"!
"کیسی باتیں کرتی ہو نشی! چائے اور وہ بھی تمہارے ہاتھ کی بنائی ہوئی ۔ اس سے بڑھ کر بھلا دنیا میں اور کیا چیز ہو سکتی ہے ۔ میں آنکھوں میں آنکھیں ڈال کر کہتا ۔ اور اس لمحہ وہ شرماتی لجاتی ہوئی میرے سامنے بیٹھ جاتی میں اسے چھیڑتے ہوئے کہتا، "نشی جی چاہتا ہے کہ تم سدا یوں ہی میرے سامنے بیٹھی رہو اور میں یونہی تمہیں تکتا رہوں ۔" اس لمحہ وہ شرما جاتی ۔

لیکن جب سے نشی کی ممی نے ہم لوگوں سے تعلقات ختم کر لیے تھے وہ بھی مجھ سے ملتے ہوئے جھجکنے لگی تھی اور یہ دیکھ کر میری رہی سہی قوت بھی جاتی رہی اور ان دنوں میں شکست خوردہ سا ہو کر خودکشی کرنے کے

بارے میں سنجیدگی سے سوچنے لگا تھا۔
ممّی اکثر سمجھاتیں۔ میرے حوصلے بڑھاتیں اور وقت کی اونچ نیچ بتائیں اور آنے والے کل اور خوشنما مستقبل کے سنہرے خواب دکھاتی لیکن میں تو ہارا ہوا ایک ایسا جواری تھا جس نے پہلے ہی داؤ پر اپنا سب کچھ ہار دیا تھا ..... اور ..... پھر ایک دن ایسا ہوا کہ نشی کی شادی ایک امیرزادے سے ہوگئی۔ ممّی میرے درد کو سمجھ رہی تھیں پر وہ کتنی مجبور تھیں۔ اور بھلا وہ کر بھی کیا سکتیں تھیں۔

اور اس رات میں سلگتا رہا۔ اور سگریٹ پر سگریٹ پھونکتا رہا۔ اور اسی رات میں نے فیصلہ کر لیا۔ کہ اب میں زندگی بھر شادی نہیں کروں گا۔
لیکن کچھ دنوں بعد دل میں ایک انجانی سی خواہش نے انگڑائی لی، نشی سے ایک بار مل کر تو دیکھو کیا وہ بھی تمہاری طرح تڑپ رہی ہے۔؟
کچھ دنوں بعد خدا کا کرنا ایسا ہوا کہ میں ایک شام سگریٹ پیتا ہوا خیالات میں الجھا الجھا سا مال روڈ پر چلا جا رہا تھا کہ اچانک سامنے سے نشی اپنے شوہر کے ہاتھ میں ہاتھ ڈالے ہوئے ہنستی چہکتی ہوئی چلی آ رہی تھی۔ اچانک مجھے کچھ ایسا محسوس ہوا۔ جیسے میرا ہاتھ بھول سے بجلی کے ننگے ہاتھ پر جا پڑا ہو۔ دوسرے لمحہ میں نے اپنے آپ کو سنبھالا اور نشی کی نگاہوں میں جھانکا۔ سامنے آتے آتے اس نے میری طرف ایک لمحہ کے لیے دیکھا اور کچھ بوکھلا سی گئی۔ مگر دوسرے لمحہ جانے کس بات پر وہ بے ساختہ زور سے ہنس پڑی۔ آگے جا کر ایک موڑ تھا۔ میں رکا اور میرا جی چاہا کہ قریب جا کر اس کے منہ پر ایک زوردار طمانچہ دے ماروں اور اسے اس کے شوہر کے سامنے رسوا کر دوں پھر خیال آیا کہ وہ عورت ہے۔ جو کمزور بھی ہے

اور مجبور بھی!

اگر دوسری بار اسی طرح لُسی اور میرا سامنا ہو جاتا۔ تو یقیناً میرا ہارٹ فیل ضرور ہو جاتا اسی لیئے اس رات میں نے گھر لوٹتے ہی ممی سے کہا، "کہ میں کسی دوسری جگہ جاکر ٹھیکیداری کا کام کرنا چاہتا ہوں۔ اس طرح کب تک معمولی نوکری کرتا رہوں گا۔" شاید بات معقول تھی ممی کی سمجھ میں آگئی۔ اور ممی کے زیورات بیچ کر میں ٹھیکیدار بن گیا۔ اور... اور .... آج میں نے بہت کچھ کما لیا ہے۔ ممی کو پاپا والا مکان بے حد عزیز ہے۔ اسی لیے ابھی تک وہ وہیں ہیں اور خوش ہیں۔

دل کے بہلاوے کے لیے یہاں پر بہت سے دھندے ہیں، کلب لڑکی، شراب اور گھر کے آنگن میں پیاری پیاری سے ایلیشیین کتیا۔ جس سے میں عشق کی حد تک محبت کرتا ہوں!

لوسی کا خیال آتے ہی میں چاروں طرف دیکھتا ہوں۔ لیکن پتہ نہیں وہ کہاں چلی گئی۔

"لوسی! لوسی!" وہ ہوتی تو ضرور آتی۔ میں ہاؤس گاؤن سنبھالتا ہوا گیٹ تک آگیا ہوں۔ لوسی گیٹ کے قریب کھڑی ہے اور چار کتے اسے بڑی للچائی نگاہوں سے تک رہے ہیں۔ یکایک مجھے ہنسی آجاتی ہے۔ ہوں! تو نوبت یہاں تک آپہنچی! جنابہ عشق بھی لڑانے لگیں اچانک مجھے کالج کی وہ لڑکی یاد آتی ہے جس کے عشق میں چار لونڈے گرفتار تھے اور چاروں کالج کے گیٹ سے دور بالکل اسی طرح اسے تاکا کرتے تھے۔

"لوسی! آؤ اندر چلیں!" میں اسے اندر لے آتا ہوں۔ وہ میرے سامنے گھاس پر بیٹھی مڑ مڑ کر ان چاروں کتوں کی طرف دیکھ رہی ہے۔

مگر جب دوسرے دن میں آفس سے واپس آیا تو یہ دیکھ کر حیرت ہوئی کہ ایک بھورا سا موٹا سا کتا لوسی کے پاس بیٹھا تھا۔ اور وہ دونوں کھیل رہے تھے۔ یہ کون سا کھیل تھا۔؟

"ہوں! تو نوبت اب یہاں تک بھی آپہنچی۔" میں نے سوچا اور قریب جاکر اس بے ہودہ کتے کو ایک لات رسید کی۔ لات کھاکر وہ میرے اوپر غراتا ہوا چلا گیا اور لوسی بے بسی سے اسے تکتی رہ گئی۔!

شام میں دعوت میں چلا گیا۔ اور تھکا ہارا آیا اور پلنگ پر گر کر سو گیا۔

صبح ناشتہ کرتے وقت لوسی کو میں نے نہیں دیکھا تو رحمٰن سے پوچھا، " "بھئی لوسی کہاں ہے؟" "صاحب! جب شام آپ چلے گئے تھے تب ہی سے وہ منہ گرائے لان میں پڑی تھی۔"

" اوہ! اچھا میں دیکھتا ہوں!" میں گھبرا کر لان تک آیا لیکن لوسی وہاں نہیں تھی۔ پھر ساری کوٹھی چھان ماری لیکن اس کا پتہ نہ چلا۔ آس پاس کے تمام بنگلوں میں رحمان دیکھ آیا۔ مگر وہ ہوتی تو ملتی؟ پتہ نہیں۔ وہ کہاں چلی گئی یا کوئی اسے پکڑ کر اپنے ساتھ لے گیا۔ یہ ایک معمہ تھا جو کسی طرح حل ہی نہ ہوتا تھا۔!

تقریباً" ایک ماہ بعد میں رسالہ روڈ سے گزر رہا تھا۔ سڑک کے موڑ پر میں نے دیکھا جیسے لوسی منہ گرائے جا رہی ہے۔ اچانک میں نے گاڑی روک دی اور گاڑی سے اتر کر بھاگتا ہوا موڑ تک پہنچا۔ میرا شبہ صحیح تھا۔ وہ لوسی ہی تھی، کمزور، مرجھائی، مرجھائی سی، اور اس کے ساتھ وہی بھورا موٹا سا کتا۔

اور اس لمحہ میں جذباتی ہو گیا۔ اور پوری آواز سے دھاڑا۔

"لوسی! لوسی! لوسی!!"

میری آواز سن کر اس نے میری طرف دیکھا۔ لیکن دوسرے لمحہ وہ دونوں تیزی سے بھاگ کر موڑ کی آڑ میں چلے گئے۔ اور اس لمحہ میں نے گھبرا کر سوچا۔

"یہ ...... یہ ......

.... لوسی ہے۔

.... نشی ہے۔

..... یا ..... یا

پھر

صرف زندگی کا ایک موڑ ــــ؟؟

”فلم نگری کے اس احساس ادیب کی کہانی جو شہرت کی بلندیوں تک جا پہنچا۔ پھر جب اس کی نئی فلم فلاپ ہوئی تو وہ خود فلاپ ہو گیا، پھر یوں ہوا کہ فلم نگری کے لیے اس کا نام اچھوت بن کر رہ گیا۔ خود غرض معاشرے کا قصہ جس نے ایک مبڑنے انسان کو پاگل بنا دیا۔“

دھواں دھواں

وہ فلم انڈسٹری کا بہت بڑا رائٹر تھا، اتنا بڑا کہ اس کی لکھی ہوئی ہر فلم گولڈن جوبلی مناتی تھی۔ اس کی ہر کہانی کا بڑا تھیم ہوتا تھا اور وہ بڑے موضوع پر بڑی کہانی لکھتا تھا۔ اس لیے وہ فلم انڈسٹری کا بڑا رائٹر تھا۔ فلم انڈسٹری کا ہر ہیرو، ہر بڑی ہیروئن اور بڑے سے بڑا ڈائریکٹر اس کی عزت کرتا تھا۔ اس کے لئے کہ اس کا بنک بیلنس بڑا تھا۔ اور اس کا دل سمندر تھا۔

اُس دن مجھے "ریت پریت" کے پروڈیوسر نے سائن کیا تھا۔ اور اُس دن میں بہت خوش تھا کیونکہ میری جیب میں سو سو روپے کے بیس نوٹ انگڑائیاں لے رہے تھے۔ جب میں بہت زیادہ خوش ہوتا ہوں یا بہت زیادہ اداس، اس دن میں بار میں جاکر اپنی خوشی میں شراب پی کر اور بھی اضافہ کرتا ہوں یا پھر بے انتہا پی کر اور بھی زیادہ اداس ہو جاتا ہوں۔

شام ہو چلی تھی۔ اکثر شام کے وقت اسٹوڈیوز میں اچانک زندگی جاگ اٹھتی ہے۔ کیونکہ شوٹنگ ختم کرنے کے بعد اکثر لوگ اسٹوڈیو کے لان میں بے فکر بیٹھ کر فلم پر ڈسکس کرتے ہیں۔ صحافی، کیمرہ مین، رائٹرز، ہیرو، ہیروئن، ہدایت کار اور فلم میں کام کرنے کے شوقین لڑکے اور لڑکیاں اسٹوڈیو کے مختلف گوشوں میں بیٹھ کر خوش گپیاں کیا کرتے ہیں۔

"ریت پریت" کا ڈائریکٹر زاہد جمال میرے قریب بیٹھا تھا اور میں کوسین لکھ رہا تھا۔ لکھتے لکھتے اچانک مجھے یوں محسوس ہوا جیسے میری جیب چیخ چیخ کر مجھ سے کچھ کہہ رہی ہے۔ میں نے جیب پر ہاتھ رکھ کر جیسے اسے تھپکا دیا اور زاہد جمال کی طرف غور سے دیکھا مگر وہ سائڈ ہیروئن سے باتیں کرنے میں مگن تھا۔ میں نے زاہد جمال سے کہا۔ "سنتے ہو! شام ڈوب رہی ہے اور رات کی دلہن ریشمیں گیسو بکھرائے خراماں خراماں اپنے محبوب چاند کی طرف جا رہی ہے۔"

"واہ واہ، بہت خوب ہے۔" زاہد جمال چیخ پڑا۔ کیا ڈائیلاگ لکھا ہے!"

سائڈ ہیروئن نے چونک کر میری جانب دیکھا میں نے زاہد جمال سے کہا، "حضور یہ مکالمہ نہیں ہے بلکہ میرے دل کی پکار ہے۔ میرا قلم تھک گیا ہے اور میرا جی چاہتا ہے کہ" اچانک سائیڈ ہیروئن کرسی سے اٹھ کھڑی ہوئی "اچھا میں چلتی ہوں۔"

سائڈ ہیروئن اٹھ کر سائیڈ ہیرو کو نظر انداز کرتی ہوئی اجے کمار کے قریب جا کھڑی ہوئی اور مسکرا مسکرا کر اسے لبھانے کی کوشش کرنے لگی۔ میں اور زاہد جمال اٹھ کر اسٹوڈیو کے بار میں چلے آئے ہم نے ابھی پہلا ہی پیگ پیا تھا کہ اچانک ایک میلا کچیلا آدمی ہماری میز پر آ کر بیٹھ گیا۔ اس کے چہرے پر بے انتہا سلوٹیں تھیں جیسے اس کا چہرہ آگ سے جھلس گیا ہو۔ اس کی داڑھی بے ترتیب بڑھی ہوئی تھی اور کپڑے انتہائی بوسیدہ تھے۔ میز پر بیٹھ کر اس نے قہقہہ لگایا اور میری جانب دیکھ کر مجھ سے پوچھا "کیا میں یہاں بیٹھ سکتا ہوں؟ تم مجھے پہچانتے ہو؟"

ایک لمحے کے لیے مجھے خیال ہوا شاید یہ کوئی کیریکٹر ایکٹر ہے اور سیٹ

سے سیدھا میک اپ میں ادھر چلا آیا ہے۔ اس لئے میں نے بڑی خوش اخلاقی سے اس سے کہا۔" تشریف رکھیے۔آپ کیا پینا پسند کریں گے؟"

میری بات سن کر وہ اور زور سے قہقہے لگانے لگا اور اس لمحے اچانک میں نروس ہو گیا' میں نے گھبرا کر زاہد جمال کی طرف دیکھا' وہ بڑے اطمینان سے بیٹھا ہوا اس شخص کو دیکھ رہا تھا۔ اچانک اس نے پھر کہا'

"کیا تم مجھے واقعی پلا رہے ہو؟"

"ارے کیوں نہیں میں تو آپ سے پوچھ رہا ہوں کہ آپ کیا پینا پسند کریں گے؟"

اچانک وہ ہنستے ہنستے اداس ہو کر رونے لگا' پھر میز پر رکھی ہوئی شراب کی بوتلوں کو آپس میں ٹکرا کر روتا ہوا بھاگ گیا۔ بوتلیں آپس میں ٹکرانے کی وجہ سے لوٹ گئیں اور شراب میز پر بکھر کر بہنے لگی۔میں نے غصہ سے بے تاب ہو کر زاہد جمال سے کہا۔

"لوگ اپنے آپکو ہر جگہ بڑا اداکار پوز کرتے ہیں' بار میں بیٹھ کر مسخرے پن کا مظاہرہ کرنا بھی کوئی بات ہوئی۔"

زاہد جمال بڑے اداس لہجے میں بولا۔" علی رضا! جانتے ہو یہ کون تھا؟"

"ہو گا کوئی۔ مجھے کیا میرا تو نقصان کر ہی گیا۔" میں نے بیزاری سے کہا۔

"جناب! یہ فلم انڈسٹری کا اے ون رائٹر انور کمال تھا!"

"کیا بکتے ہو؟ کہیں زیادہ تو نہیں پی گئے؟ میں نے زاہد جمال کو ٹوکا۔" بھلا یہ دیوانہ شخص انور کمال کیسے ہو سکتا ہے؟ وہ تو انڈسٹری کا سب سے بڑا رائٹر ہے۔"

"بے نہیں پر کبھی تھا۔ لیکن اب مر گیا۔ یہ فلم انڈسٹری ہے پیارے۔ یہاں ہر نئی فلم کے ریلیز ہونے تک لوگ مرتے اور جیتے رہتے ہیں۔" زاہد جمال بولا "کبھی یہ فلم انڈسٹری کا بڑا رائٹر تھا اور فلم انڈسٹری میں ہر طرف سے اس کا طوطی بولتا تھا لیکن جب اس کی نئی فلم "دلہن" فلاپ ہوئی تو یہ اس دن آدھا مر گیا۔ اور جب کچھ دن بعد اس کی دوسری فلم "روپ انوپ" فلاپ ہوئی تو اس دن یہ پورا مر گیا۔ پروڈیوسر جو اس کے آگے پیچھے بھاگتے تھے۔ اب اس کی شکل دیکھ کر بھاگنے لگے۔ اور ایک دن اس طرح اس کا بنک بیلنس بھی مر گیا۔ ان ہی دنوں اس کی بیوی کے بچہ ہونے والا تھا۔ بیوی بیمار پڑی تھی اور اس کی جیب میں اتنے پیسے بھی نہیں تھے کہ وہ دوا لاکر اسے پلا سکے اور جس دن اس کی بیوی کی حالت زیادہ خراب ہوئی تو یہ اس دن احمد زیدی کے پاس گیا جو اس کا بڑا یار تھا اور جس کے اوپر اس کے ہزاروں روپے ادھار تھے۔ احمد زیدی نے افسوس کرتے ہوئے کہا" میری جیب میں صرف پانچ سو روپے پڑے ہیں اور مجھے آج اپنے نئے پروڈیوسر کو شراب پلانی ہے۔ پینا چاہتے ہو تو ساتھ چلو مگر پیسے مت مانگو۔" احمد زیدی کی بات سن کر یہ کمال آفاقی کے پاس گیا۔ آفاقی نے اسے بتایا" بھائی میں تو مزدور ہوں، خود ہی کہانی لکھتا ہوں۔ خود ہی میوزک دیتا ہوں۔ خود ہی ہدایات کاری کرتا ہوں اور کبھی کبھی لیڈنگ رول بھی خود ہی کر لیتا ہوں۔ اگر پیسے ہوتے تو کسی بڑے آرٹسٹ کو نہ بک کرتا۔"

اور جب ہر طرف سے مایوس ہو کر انور کمال گھر پہنچا تو اس کی بیوی تڑپ تڑپ کر جان دے چکی تھی۔ یہ منظر دیکھ کر انور کمال پاگل ہو گیا۔ اور اپنے ہی ہاتھوں دیا سلائی سے اپنے گھر میں آگ لگا دی اور قہقہے لگانے لگا۔ بڑی مشکل سے لوگوں نے آگ پر قابو پایا۔ مگر افسوس گھر بھی جل گیا، گھر والی بھی اور یہ بے چارا

جل کر بھی زندہ رہ گیا۔ اور ہمیشہ کے لیے پاگل ہوگیا۔"

زاہد کمال نے بات ختم کر کے ایک بڑا پیگ اپنے حلق میں انڈیل لیا۔ اور میں شراب اس طرح سپ کرتا رہا جیسے میں شراب نہیں پی رہا بلکہ بے انتہا اداس ہو کر کچھ سوچ رہا ہوں۔

زاہد کمال نے مجھے ٹوکا۔ "کیا سوچ رہے ہو؟ یہ لائن بہت خراب ہے یہاں پر سب لوگ خود غرض ہیں۔"

میں نے زاہد جمال سے کہا۔ لائن کوئی خراب نہیں ہوتی بلکہ لوگ خود ہی خراب ہوتے ہیں۔"

ابھی میں اپنی بات پوری نہ کر پایا تھا کہ وہ پھر بار میں داخل ہوا اور میرے قریب آکر بولا۔

"میں نے لوگوں سے پوچھ لیا ہے۔ تم تباؤ نہ تباؤ کس فلم میں ہیرو آرہے ہو۔ کیا تم جب بڑے ہیرو بن جاؤ گے تو مجھے اپنے پاس بٹھا کر شراب پلانا پسند کرو گے؟"

میں نے اس کا ہاتھ تھام لیا اور اپنے پاس بٹھاتے ہوئے کہا۔

"ہم سب چاہے کتنے ہی بڑے اور کتنے ہی چھوٹے کیوں نہ ہوں، ہم سب ایک ہیں۔ آپ بھی وہی ہیں جو میں ہوں۔ آپ کو شاید بھوک لگی ہے آپ کچھ کھالیں۔"

میں نے بیرے کو بلا کر تلی ہوئی مچھلی، فرائی انڈے اور ایک پلیٹ کباب منگا کر اس کے سامنے رکھ دیے۔ وہ بے تحاشا کھانے لگا۔ شاید وہ کئی روز کا بھوکا تھا۔

کھانا کھا کر اس نے اپنے بڑھتے ہوئے شیو پر ہاتھ پھیرا اور اس طرح رو دیا جیسے

ہنس رہا ہو۔ پھر وہ بڑے اداس بھرے لہجے میں بولا۔

"لوگ بہت خراب ہیں، آپ کتنے اچھے ہیں، لوگ تو مجھے اپنے پاس بٹھانا بھی پسند نہیں کرتے اور آپ نے مجھے کھانا بھی کھلا دیا۔ لیکن۔ لیکن یہ سب آپ نے کیوں کیا؟ اچھا، سمجھا آپ پروڈیوسر ہیں اور مجھ سے کچھ لکھوانا چاہتے ہیں۔ لیکن، لیکن اب میں بالکل نہیں لکھوں گا جناب۔ اچھا آپ بیٹھیے میں ابھی آتا ہوں۔ وہ ہے نا۔ میری بیوی وہ مجھے آواز دے رہی ہے۔ میں ابھی آتا ہوں۔" یہ کہہ کر وہ ہنستے ہنستے لگاتا ہوا میری نگاہوں سے اوجھل ہو گیا۔

زاہد کمال نے میری طرف دیکھا اور مجھے یوں محسوس ہوا جیسے میرے چاروں طرف آگ لگی ہوئی ہے اور دھوئیں سے میرا سانس گھٹا جا رہا ہے۔

"—— ایک ایسے شخص کی کہانی جس نے پیٹ کی خاطر موت سے جنگ چھیڑ رکھی تھی، مگر ہر روز وہ موت کو شکست دیتا رہا۔
کیا زندگی اتنی ہی ارزاں ہے کہ اسے پیٹ کی خاطر یوں سرِ بازار موت کے حوالے کر دیا جائے؟"

تین جنازے

نمائش سے اپنے روایتی انداز میں زوروں پر تھی میں ٹہلتے ٹہلتے سرکس بازار چلا آیا۔ اور بازاروں سے یہاں زیادہ رش تھا۔ سرکس مسخرے سرکس سے باہر بنے ہوئے تختوں کے چھجوں پر بے ہنگم سا ناچ، ناچ رہے تھے اور الٹی سیدھی حرکتیں کر کے لوگوں کو ہنسانے کی کوششیں کر رہے تھے۔

میں بازار کے آخری سرے تک جا پہنچا۔ جہاں موت کی چھلانگ کا تماشا روز دکھایا جاتا تھا۔ یکایک میرے دل میں یہ خواہش پیدا ہوئی کہ کیوں نہ آج موت کی چھلانگ والا کھیل دیکھا جائے، موت کی چھلانگ واقعی کوئی معمولی کھیل نہیں ہوتا اور وہ شخص بھی یقیناً غیر معمولی ہو گا جو اتنی بلندی سے روز چھلانگ مارتا ہے اور اپنے آپ کو زندہ رکھے ہوئے ہے۔

ٹکٹ لے کر میں اندر چلا آیا۔ ایک بہت گہرا اور گول گڑھا کھدا ہوا تھا۔ اس کے اندر منہ تک پانی بھرا ہوا تھا اور گڑھے کے تین گز زمین چاروں طرف سے چھوڑ کر بانسوں کی مدد سے ایک حصار بنا دیا گیا تھا۔ جہاں کھڑے ہو کر تماشائی تماشا دیکھتے تھے۔ گڑھے کے ایک کنارے سے ملی ہوئی ایک سیڑھی دو بلیوں کو جوڑ کر بنا دی گئی تھی۔ جس کے اوپری

سرے پر ایک تختہ جڑا ہوا تھا۔

پورے آٹھ بجے شو شروع ہونا تھا۔ اور آٹھ بجنے میں ابھی دس منٹ باقی تھے۔ باہر مسخرے اپنی دلچسپ حرکتوں سے تماش بینوں کو برابر ہنسائے جارہے تھے اور شو دیکھنے کے شوقین ٹکٹ لے کر اندر داخل ہو رہے تھے۔ جب شو شروع ہونے میں صرف پانچ منٹ باقی رہ گئے تو باہر ریکارڈنگ بند کردی گئی اور باہر والے تمام مسخرے اندر دائرے میں چلے آئے اور عجیب وغریب حرکتیں کرنے لگے۔ ان مسخروں کو دیکھ کر یوں احساس ہو رہا تھا جیسے ان مسخروں کی زندگی محض ایک مذاق ہے اور یہ کہ ان کی زندگی میں مذاق کے علاوہ دکھ اور درد نام کی کوئی چیز نہیں اور بے انتہا انسانوں کے ہجوم میں میں کھڑا سوچ رہا تھا۔

"پیٹ بھرنے کے لیے ہمیں کتنے روپ دھارنے پڑتے ہیں اور وقت کتنا بڑا مسخرہ ہے جو اچھے بھلے انسانوں کو الٹی سیدھی حرکتیں کرنے پر آمادہ کرتا ہے۔"

جب پورے آٹھ بج چکے تو تمام مسخرے ایک دوسرے کو مارتے، قہقہے لگاتے ایک دوسرے کے پیچھے بھاگتے ہوئے دائرہ پھلانگ کر نظروں سے غائب ہوگئے۔

چند لمحوں کے بعد ایک دبلا پتلا سا آدمی بالنسوں کے حصار کو پھلانگ کر دائرے کے اندر آیا۔ اس کے ہاتھ میں مٹی کے تیل کی دو بڑی بوتلیں تھیں۔ آتے ہی اس نے ایک بوتل گڑھے میں پانی کے اوپر چھڑکی اور دوسری بوتل تھامے وہ اوپر سیڑھی کو دیکھنے لگا۔

لوگوں سے ہاتھ ملاتے ہوئے وہ میرے قریب آیا۔ میں نے اس کا

ہاتھ تھامتے ہوئے اس سے پوچھا۔

"سیڑھی پر چڑھ کر چھلانگ لگاتے وقت آپ کو کیسا محسوس ہوتا ہے؟"

میری یہ بات سن کر وہ خوش دلی سے مسکرایا۔ "بہت اچھا۔"

اس نے ھنس کر کہا۔

"میں تو اس کا اس حد تک عادی ہو چکا ہوں کہ اگر جس روز چھلانگ نہ لگاؤں اس دن ایسا محسوس ہوتا ہے۔ جیسے میں نے دن بھر کچھ کیا ہی نہیں۔ مگر پھر بھی ہر لمحہ موت میرے قریب کھڑی قہقہے لگاتی رہتی ہے اور میں ہر روز موت پر فتح حاصل کر لیتا ہوں!"

"اس کا معاوضہ تو آپ کو خاصا مل جاتا ہوگا۔"

میں نے اس سے پوچھا۔

اب کی بار وہ سنجیدہ ہو گیا۔

"موت کے دھانے پر کھڑے ہو کر چھلانگ لگانے کا معاوضہ؟ یہی کیا کم ہے جناب کہ ہر روز میں موت کو شکست دے کر زندگی کو گلے لگا لیتا ہوں۔ ویسے پیٹ بھرنے کے لیے خاصے پیسے مل ہی جاتے ہیں۔"

اتنی دیر میں اس کی بیوی اپنی دو سالہ بچی کو لے کر حصار میں چلی آئی۔ وہ مڑا اور اپنی بیوی کے قریب جا کر اپنی بچی کو بے تحاشا پیار کرنے لگا۔ پھر اپنی بیوی کو گہری نظروں سے دیکھتا ہوا اس آدمی کے قریب آگیا جو مٹی کے تیل کی بوتل لیے ہوئے اس کا منتظر تھا۔ مٹی کے تیل کی بوتل لے کر وہ بلیوں سے بنی ہوئی سیڑھیوں پر چڑھنے لگا اور آخری سرے پر پہنچ کر وہ تختہ پر پیر لٹکا کر بیٹھ گیا۔

دوسرے لمحے اس نے مٹی کے تیل کی بوتل اپنے کپڑوں پر چھڑک کر جیب

سے ماچس نکال کر آگ لگائی نیچے کھڑے ہوئے آدمی نے بھی ماچس سے گھڑے میں بھرے ہوئے پانی کے اوپر چھڑکے ہوئے تیل کو آگ لگا دی۔

اوپر نیچے آگ کے شعلے بھڑک رہے تھے۔

یہ دیکھ کر تماشائیوں نے تالیاں بجانا شروع کر دیں۔

اور دوسرے لمحے اوپر بیٹھے ہوئے آدمی نے جھانک کر نیچے دیکھا اور نیچے چھلانگ لگا دی۔ اسے دیکھ کر ایک لمحہ کو یوں محسوس ہوا جیسے ایک بڑا بھیانک شعلہ اوپر سے ٹوٹ کر زمین کی طرف آ گرا ہو۔ لیکن۔ لیکن .... اندازے کے مطابق وہ بجائے پانی میں گرنے کے زمین پر آ رہا۔ اور زمین پر گرتے ہی ایک بھیانک چیخ فضا میں بلند ہوئی اور دوسرے لمحہ اس نے تڑپ کر دم توڑ دیا۔

یہ منظر دیکھ کر اس کی بیوی بے تحاشا اس کی طرف دوڑی لیکن .... گھبراہٹ میں وہ گڑھے سے اٹھتے ہوئے شعلوں میں بچے سمیت جا گری۔

ایک لمحہ میں یہ سب کچھ ہو گیا بہت سے آدمی بالسنوں کے حصار کو پھلانگ کر اندر کود پڑے بڑی مشکل سے آگ پر قابو پا کر ان تینوں کو نکالا گیا۔ لیکن وہ دونوں بھی اس کی طرح جل کر دم توڑ چکے تھے۔ تینوں انسانوں کی لاشیں آگ سے جل چکی تھیں اور جلے ہوئے گوشت کی بو فضاء میں عجیب قسم کا تاثر پیدا کر رہی تھی۔

چند لمحوں میں یہ خبر آگ کی طرح ساری نمائش میں پھیل گئی، سرکس بازار بند کر دیا گیا اور ساری نمائش بند کر دی گئی۔

چند گھنٹوں بعد سرکس بازار سے تین جنازے قبرستان لے جا رہے

تھے۔ ایک عورت کا۔ ایک مرد کا اور ایک معصوم بچّی کا۔

ہر طرف گہرا سناٹا پھیلا ہوا تھا۔ جنازوں کے پیچھے، سرکس کے مسخرے تھے، سرکس کا مالک تھا، اور سرکس کا سارا اسٹاف تھا۔

میں بھی سر جھکائے سب لوگوں کے ساتھ چل رہا تھا۔ مجھے اس کے وہ جملے یاد آرہے تھے جو چند گھنٹوں پہلے اس نے مجھ سے کہے تھے۔ لیکن آج موت نے اسے شکست دے دی تھی۔ اور جب ..... تینوں جنازوں کو سپردِ خاک کیا جانے لگا ... تو اچانک میرا دل چاہا کہ میں اس کے منہ سے کفن ہٹا کر اس سے کہوں،

"تم نے پیٹ بھرنے کی خاطر موت سے کیوں جنگ چھیڑ رکھی تھی میرے دوست! زندگی اتنی ارزاں تو نہیں جسے پیٹ کی خاطر یوں سربازار موت کے حوالے کر دیا جائے۔"

لیکن یہ سب سوچتے ہوئے بھی میں اس سے کچھ نہ کہہ سکا اور پھوٹ پھوٹ کر رو دیا۔!"

"۔ ایک ایسے شخص کا افسانہ جو اپنی محبت کو حاصل کرنے کے لیے تاجر بننا چاہتا تھا، مگر جب اسے ھوش آیا تو وہ تاجر کی بجائے ایک بڑا دلال بن چکا تھا ۔ اس کی محبوبہ غبار بن کر ھواؤں میں گم ھو چکی تھی ۔ اور ایک دن اس نے اپنی انا کو بچانے کے لیے اپنی بیٹی کو بھی داؤ پر لگا دیا ۔"

آخری گاھک

جمال دین اس علاقے کا سب سے بڑا دلال تھا۔ زندگی میں بعض حادثات ایسے بھی ہوتے ہیں کہ وہ ہو گزرتے ہیں اور آدمی کو ان کا احساس بھی نہیں ہوتا۔ آدمی بننا کچھ چاہتا ہے اور حالات اسے کچھ بنا دیتے ہیں۔

ہر انسان میں کچھ ایسی مخفی قوتیں پوشیدہ ہوتی ہیں کہ اسے ان کا علم بھی نہیں ہوتا۔ جمال دین تاجر بننا چاہتا تھا کہ وہ جس لڑکی سے محبت کرتا تھا، وہ خواب زدہ تھی اور روپیہ اس کی زندگی میں بہت اہمیت رکھتا تھا۔ کیونکہ روپے سے انسان اپنے خوابوں کو بھی خرید سکتا ہے اور انہیں زندگی دے کر اپنے ڈرائنگ روم میں سجا سکتا ہے۔

لیکن اس سے پہلے کہ جمال دین تاجر بنتا اس کی محبوبہ کو ایک اور تاجر بھا گیا اور جمال دین خوابوں کی جستجو میں دیوانہ وار دوڑتے دوڑتے خود سراب بن گیا۔ خوابوں کو بھلا کس نے گرفت کیا ہے؟۔

جب اسے ہوش آیا تو وہ تاجر کے بجائے عورتوں کا دلال بن چکا تھا۔ اور۔۔ اور اب وہ اس علاقے کا سب سے باکمال دلال تھا۔ اچھا دلال بننے کے لیے بنیا بننا بہت ضروری ہے اور بنیا اپنی دوکان پر آئے ہوئے کسی گاہک کو اور کسی دکان پر نہیں جانے دیتا اور بڑی خوبصورتی سے اس کی

کھال اتار لیتا ہے۔

اور اب تو جمال دین اپنے دھندے میں اس حد تک منجھ گیا تھا کہ چاہے گاہک کسی بھی حیثیت کا کیوں نہ ہو وہ اسے بھوکی بلی کی طرح دبوچ لیا کرتا اور ایک بار تفریح کی غرض سے آنے والا گاہک ہمیشہ اس کا اسیر ہو رہتا .جمال دین اس علاقے کا سب سے بڑا دلال ہی نہیں تھا بلکہ وہ اس علاقے کا سب سے بڑا تاجر بھی تھا۔ دراصل اب وہ پرانا جمال دین نہیں رہا تھا۔ بلکہ اس کے اندر کا جمال دین جو صرف ایک تاجر تھا اس کی شخصیت کو توڑ کر باہر نکل آیا تھا۔ اسے عورتوں سے نفرت تھی، کیونکہ عورت اس کی سب سے بڑی محرومی تھی۔ اور عورت نے ہی اسے ایک ایسا گہرا زخم دیا تھا جو رستے رستے اب ناسور کی شکل اختیار کر چکا تھا۔ مگر عورتوں سے نفرت کے باوجود بھی وہ عورتوں کا کاروبار کرتا تھا۔

چوبیس سال کے طویل عرصے میں اس کاروبار کے ذریعے اس نے بے انتہا دولت کمائی تھی سرمایہ داروں کی محفل میں اس کی بڑی عزت تھی۔ دراصل عزت اس کی نہیں بلکہ اس کے مال کی تھی، اس کے اصولوں کی تھی، اس کے رسوخ کی تھی جو لڑکیاں سپلائی کر کے اس نے سماج میں اپنے لیے حاصل کیے تھے۔ اس لیے آج وہ بہت بڑا دلال تھا۔

.جمال دین ہی کیا دنیا کا ہر انسان دلال ہے، کوئی اپنے فن کی دلالی کرتا ہے اور کوئی اپنے ضمیر کی دلالی، اور کوئی اپنی عزت کی دلالی کرتا ہے۔ دراصل بغیر دلالی کیے ہوئے کوئی بھی انسان اپنے لیے سماج اور معاشرے میں جگہ نہیں بنا سکتا۔ اور معاشرے میں جگہ بنانا ضروری ہے۔ کیونکہ بغیر جگہ بنائے ہوئے آدمی صرف "مزدور" کہلاتا ہے۔ اور مزدور اس سرمایہ دارانہ

دور کی سب سے بڑی لعنت ہے۔

جمال دین کے پاس اپنی گاڑی تھی، اپنا بنگلہ تھا، اپنی بیوی تھی اور اپنی بیوی سے اس کے اپنے بچے تھے۔ اور اب وہ معاشرے کا ایک بااثر شخص تھا، کیونکہ دولت اس کے پاس تھی۔

مگر آج کی رات اس کی زندگی میں ایک ہل چل سی آئی تھی۔

اور آج اسے زندگی کی سب سے پہلی شکست کا احساس ہو رہا تھا۔ شکست تو اس نے اپنی زندگی کے پہلے حصے میں بھی کھائی تھی اور وہ شکست اسے ایک خوبصورت عورت نے دی تھی جو اس کی محبوبہ تھی اور جو غبار بن کر فضا میں بکھر چکی تھی۔ مگر اس شکست سے زیادہ اسے آج کی شکست کا احساس ہو رہا تھا۔

رات کا ایک بج رہا تھا اور وہ سرخ رنگ کی نئی لمبی سی کار میں شہر کے سب سے بڑے سرمایہ دار کے پہلو میں بیٹھا بے دردی سے سگریٹ پہ سگریٹ پھونک رہا تھا۔

یہ سیٹھ ایک نیا دولتیہ تھا جس کے شہر میں چھ مل تھے جس میں تقریباً سات ہزار مزدور خون پسینہ بہاتے تھے اور مزدوروں کا خون اور پسینہ مل کر اس کی شخصیت پر چھا گیا تھا، وہ خود بھی سرخ سپید تھا، اکثر سرخ ٹائیاں باندھتا اور سرخ گاڑی میں گھومتا، اس کی کوٹھی کے ڈرائنگ روم کے پردے بھی سرخ تھے، قالین بھی سرخ تھا۔ بہر حال وہ محنت سے بہنے والے خون کی نمائندگی کیا کرتا اور قومی اخبارات میں مزدوروں کی حمایت میں بڑے بڑے بیان دیا کرتا تھا۔ اور جب یہ بیانات اخبار میں شائع ہوتے تو وہ اپنے سرخ ایئر کنڈیشن ڈرائنگ روم میں سرخ

شراب پی کر انہیں پڑھتا اور اتنے قہقہے لگاتا کہ اس کی آنکھوں میں سرخ آنسو بہنے لگتے۔ اور آج وہ جمال دین کا گاہک تھا۔ جمال دین جو سیٹھ بھی تھا، دلال بھی اور گلو بھائی جو مل اونر بھی تھا اور دلال بھی۔ در اصل اس رات دو بڑے دلالوں کا ٹکراؤ تھا اور وہ دونوں ایک دوسرے سے سفاکی میں سبقت لے جانا چاہتے تھے۔

گلو بھائی چھ ملوں کا مالک تھا جس کے ملوں میں سات ہزار مزدور خون پسینہ بہاتے تھے اور اس کی انا کی تسکین کے لیے یہ بات کافی تھی۔ جمال دین صرف خوبصورت عورتوں کا کاروبار کرتا تھا کیونکہ ایک خوبصورت عورت نے اس انا کو زخمی کیا تھا۔

رات کا توازن برابر بکھر رہا تھا مگر گلو بھائی عرف پانی والا کو انیس خوبصورت لڑکیوں میں سے ایک لڑکی بھی پسند نہ آئی تھی جس کے ساتھ وہ آج کی رات گزار سکتا۔

سڑک سنسان ویران پڑی تھی۔ اکا دکا گاڑیاں سڑک پر بہہ رہی تھیں اور رات کا توازن برابر بکھر رہا تھا۔ کیا گلو بھائی مجھے شکست دے دے گا۔؟ گلو بھائی کے قریب بیٹھا ہوا جمال دین پہلو بدل کر سوچ رہا تھا۔ زندگی کی ایک بڑی اور پہلی شکست نے اسے کیا بنا دیا تھا اور اس چوٹ کو کھا کر اس نے زندگی کے ہر پہلو کو شکست دی تھی۔ مگر کیا آج کی رات اس کی عمر بھر کی ساکھ کو مٹی میں ملا دے گی۔ یکایک اسے گلو بھائی کے وہ الفاظ یاد آئے جو اس نے ہر لڑکی کو گہری نظروں سے پرکھنے کے بعد کہے تھے، ''ہم ایک دم فرسٹ کلاس مال مانگتا۔ رپے کی پرواہ مت کرو۔ ہم آج بہت ہی خوبصورت لڑکی سے دل بہلانا مانگتا جس کی کمر غالب کے محبوب

کی موانک ہو۔ اور کون تھا اپنا ہاں! سمجھ میں آتا ہے میڑ آنکھیں اس کے محبوب کے موانک۔ شکل مدھو بالا جیسی۔!

"میں اپنے گاہک کو نہیں جانے دوں گا۔ میں۔ میں اسے آج رات بہر صورت عیش مہیا کروں گا۔" وہ ہانپنے لگا پھر پوری قوت سے چیخا۔ "تمہیں ایسی لڑکی چاہیے۔ تمہیں ایسی ہی لڑکی ملے گی گاڑی واپس لوٹاؤ۔!"

(یہ آواز جمال دین کی نہیں تھی۔ پھر اتنی زور سے کون چیخا تھا؟)

گلو بھائی نے چونک کر جمال دین کی طرف دیکھا اور قہقہہ لگا کر بولا، "بالکل بالکل بالکل اب سالا تم ہمارا مطلب سمجھا۔ اگر تمہارے پاس مال ہے تو اپن کے پاس اس کی قیمت موجود ہے۔"

رات کے دو بجے تھے۔ ایک خوبصورت بنگلے کے سامنے سرخ گاڑی رکی، پہلے جمال دین اترا، پھر دوسری طرف سے سیٹھ گلو اترا۔ جمال دین خاموشی سے چلتا ہوا دروازے تک گیا۔ سیٹھ موقعہ کی نزاکت کو بھانپ گیا اور وہ کچھ دور ہی کھڑا ہو گیا۔ چند لمحوں بعد ہارے ہوئے جواری کی طرح جمال دین نے بیل پر ہاتھ رکھ دیا۔ چند منٹوں بعد دروازہ کھلا اور ایک بیس سالہ خوبصورت لڑکی سلیپنگ گون میں لپٹی ہوئی نمودار ہوئی اس کی آنکھیں نیند سے بوجھل تھیں۔ جمال دین لڑکی کو دیکھتے ہی بری طرح سے ہانپنے لگا۔

مگر سیٹھ گلو بھائی بے تابی سے آگے بڑھ کر بولا، "بالکل فٹ۔ بالکل ہم ایسا ہی مال مانگتا۔ آج ہم بہت خوش ہیں جمال دین۔ یہ لو اپنی محنت کا پھل۔"

یہ کہہ کر سیٹھ گلو نے روپیوں سے بھرا ہوا پرس جمال دین کی طرف لاپرواہی سے اچھال دیا۔

دروزاہ بند ہو چکا تھا۔ جمال دین کی سامنے سو سو روپے کے بے انتہاد

نوٹ پڑے تھے۔ مگر آج ان نوٹوں میں کوئی جاذبیت نہیں تھی، کیونکہ اس کے ذہن میں لڑکی کی گھٹی گھٹی سی چیخیں گونج رہی تھیں۔۔ ”بابا! مجھے۔ مجھے بچالو بابا۔!!“

"۔۔۔ دو دھڑکتے دلوں کی ایک نرم و نازک کہانی،
جن کے قدموں میں زندگی نے خوشیاں ڈھیر کرنا چاہیں
مگر انہوں نے محبت کو فرض پر قربان کر دیا۔ پھر
محبت کو پانے کے لیے انتظار ان کا رقیب بن گیا، ۔ ایک طویل
انتظار کے بعد آخر۔۔۔"

سوکھے پتے

علی رضا نے سگار ایک گہرا کش کھینچا اور بیتابی سے ہاتھ پر بندھی ہوئی گھڑی کو دیکھا۔ ابھی صبح کے نو بجے تھے اور اسے تین گھنٹے انتظار کی طویل گھڑیاں کاٹنی تھیں!

"ٹھیک بارہ بجے وہ جیسے اپنے آپ سے بولا۔" وہ ضرور آئے گی"

جب انسان تنہا ہوتا ہے اور انتظار کی کرب انگیزیوں سے اپنے وجود کو بچانا چاہتا ہے تو وہ خود بخود دو حصوں میں تقسیم ہو جاتا ہے۔ علی رضا سگار کے گہرے کش کھینچ رہا تھا اور اس کا اپنا آپا اس کے سامنے پڑی ہوئی کرسی پر بیٹھا ہوا کہہ رہا تھا علی رضا پچاس سال کا عرصہ بڑا طویل ہوتا ہے:

تم بھی کس قدر معصوم ہو۔ کون جانے اسے کچھ ہو گیا ہو اور یہ بھی ممکن ہے کہ وہ اس وقت اپنے بوڑھے شوہر کے لیے ڈاکٹر سے دوائیں لینے گئی ہو۔ اور یہ بھی ممکن ہے کہ وہ تمہیں ایک خواب سمجھ کر بھول بیٹھی ہو۔ نہیں نہیں۔ وہ ضرور آئے گی اسے کچھ نہیں ہو سکتا میں جانتا ہوں وہ ضرور آئے گی" علی رضا بے تابی سے اور گہرے کش کھینچنے لگا۔ اور اس کے سامنے بیٹھا ہوا اس کا آپا زور زور سے قہقہے لگالینا لگا۔

علی رضا نے کوٹ کی جیب سے ایک لفافہ نکالا اسے کھولا پھر اس کے اندر دو موٹے کاغذوں میں لپٹی ہوئی البونیا کی تصویر کو نکالا اور بڑے غور سے تصویر کو دیکھنے لگا۔

۔آج سے تیس سال پہلے کی الونیا کی تصویر دیکھ کر اس نے سگار کا ایک تلخ گھونٹ کھینچا اور اس جگہ جا پہنچا جہاں وہ تھا الونیا تھی۔ اس کی جوانی تھی۔ اور وقت کی حسین دہلیز پہ ان دونوں کی یادوں کے انمٹ نشان!

" وہ تیس سال کا بھرپور مرد تھا اور الونیا پچیس سال کی ایک حسین سی نرمل نرمل سی لڑکی۔ اور وہ ایک دوسرے کو بے پناہ چاہتے ہوئے بھی شادی نہ کر سکے تھے۔ زندگی کے بعض معمولی معمولی سی باتیں معمولی ہو کر بھی اپنے انتہا گہری اور بے انتہا وسیع ہوتی ہیں۔ بات بالکل معمولی تھی مگر اہم بھی!

ایک دن ابر چھایا ہوا تھا۔ اور گھٹائیں جھوم رہی تھیں، علی رضا الونیا کے ساتھ اسی ہوٹل میں مشرقی کھڑکی کے سامنے بچھی ہوئی کرسی پر بیٹھا ہوا تھا۔ اس وقت وہ بہت سنجیدہ تھا۔ وہ چاہتا تھا کہ الونیا شادی کے لیے رضامندی ظاہر کردے تاکہ اگلے ماہ وہ دونوں شادی رچا کر پرسکون زندگی گزار سکیں۔ لیکن الونیا شادی کے لیے تیار نہ تھی وہ بڑے فلسفیانہ لہجے میں اسے سمجھا رہی تھی:

" علی! میرا دل بھی یہی چاہتا ہے لیکن تم سوچو تو میری ایک ماں ہے اور تین بہنیں اگر میں شادی کرلوں تو ان سب کا کیا ہے گا؟ تم جانتے ہو علی میں ان سب کو ماں اور باپ بن کر پال رہی ہوں!"

" ہاں جانتا ہوں! تم کب تک وقت کی چکی میں اپنے آپ کو پیستی رہوگی؟ میں نے اپنے مستقبل کے بارے میں بہت سوچا ہے علی! اور اب تو میں نے حالات کے دھارے میں اپنے آپ کو چھوڑ دیا ہے۔ اور میں۔ ہاں میں شادی نہیں کر سکتی!"

"یہ تمہارا آخری فیصلہ ہے الونیا۔" علی رضا نے گھبرا کر پوچھا۔

" ہاں! علی یہ میرا آخری اور اٹل فیصلہ ہے۔ الونیا نے اعتماد سے کہا اور یہ سب سن کر

علی رضا جذباتی ہوگیا تھا وہ لڑکیوں کی طرح سسک سسک کر رو رہا تھا۔!

باہر آسمان کی وسعت پر بادل منڈلا رہے تھے اور ہلکی ہلکی پھوار پڑ رہی تھی۔ اور اندر مشرقی کھڑکی کے سامنے پڑی ہوئی کرسیوں پر بیٹھے علی رضا اور الونیا بھی بادلوں کی طرح رو رہے تھے۔ یہ کیسی ٹریجڈی تھی۔؟ سب کچھ ممکن تھا پر کچھ نہیں۔؟ وہ ایک دوسرے کو بے پناہ چاہتے تھے اور شادی بھی کر سکتے تھے۔ پر شادی نہیں ہو سکتی تھی کیونکہ الونیا چاہتے ہوئے بھی یہ نہیں چاہتی تھی۔

یکایک علی رضا بھرائی ہوئی آواز میں جذباتی ہو کر بولا ،"پر تم مجھے کیوں ملتی تھیں۔ الونیا۔ آخر کیوں ؟ تم نے چاہت کا اظہار کیوں کیا تھا۔ اور میں تم سے کیوں محبت کرنے لگا!؟" یہ کہہ کر وہ خاموش ہو گیا۔ تھوڑی دیر وہ دونوں خاموش بیٹھے رہے جیسے جیسے اپنے اپنے جسموں کو کرسیوں پر بیٹھا چھوڑ کر کہیں دور چلے گئے ہوں۔!

دور کہیں سے الونیا کی آواز ابھری :"علی! میں مجبور ہوں علی ۔ ہیں علی تم خاموش کیوں ہو۔ مجھے معاف کر دو علی۔!" پر علی خاموش تھا۔ دوسرے لمحہ الونیا رو رہی تھی اور علی کہہ رہا تھا۔

الونیا! مجھے اس بات کا دکھ ضرور ہے کہ ہم شادی نہیں کر سکیں گے لیکن ساتھ ہی مجھے اس بات کی بے انتہا خوشی ہے کہ تمہارے اندر عظمت ہے تم بہت عظیم ہو۔ سچ دوسروں کے لیے اپنے ارمانوں کا خون کرنا بڑی بات ہے۔ مجھے فخر ہے اور تمام عمر رہے گا۔ کہ میں نے ایسی لڑکی سے محبت کی جو عظیم تھی۔"

"نہیں علی! مجھے اتنا بڑا نہ سمجھو، میری اتنی تعریف نہ کرو کہ میں اسے برداشت نہ کر سکوں!" اور اس لمحے علی رضا نے بے چین ہو کر سگریٹ سلگایا۔ اور دھواں بکھیرتا ہوا بولا،

"میں تمہارا صدیوں انتظار کر سکتا ہوں۔ تم اس بارے میں پھر سوچو۔"

"سب مرد ایسی باتیں کرتے ہیں۔" الونیا نے شرارت سے کہا۔

یہ سن کر علی رضا جذباتی ہو گیا۔ "الونیا میں عام مرد نہیں ہوں۔ میں تمہارا صدیوں منتظر رہوں گا۔ پر یہ باتیں تو کتابی ہیں، صدیوں نہ تم زندہ رہو گی اور نہ میں۔"

"ہم لوگ آج سے ایک دوسرے سے بالکل نہیں ملیں گے اور آج سے پچاس سال بعد اسی تاریخ، اسی مہینے اور اسی وقت اسی جگہ میں تمہاری منتظر رہوں گی۔ تم آؤ گے نا۔ علی رضا؟"

علی رضا نے گہری نظروں سے الونیا کو گھبرا کر دیکھا "یہ لڑکی ایک معمہ ہے۔" اس نے سوچا۔

"تم جو کچھ کہتی ہو مجھے منظور ہے۔ یہ کہہ کر اس نے ایک گہرا سانس لیا اور بے تابی سے کھڑا ہو گیا۔ اب ہمیں چلنا چاہیئے، دونوں کھڑے ہو گئے ان کے دل دھڑک رہے تھے۔ چہرے زرد تھے اور لب خاموش پر آنکھیں بھیگ چکی تھیں وہ ایک دوسرے کو دلاسے دے رہی تھیں۔ الونیا جانتی تھی علی رضا بے انتہا ضدی ہے۔ اور علی جانتا تھا کہ الونیا جذباتی لڑکی ہے۔ باہر نکل کر علی رضا نے الونیا کو ایسی نظروں سے دیکھا جیسے کہہ رہا ہو "پگلی اب بھی بڑھ کر مجھے روک لو۔ میں اڑتا ہوا بادل ہوں جو لمحہ بھر میں برس کر پگھل جاتا ہے اور نگاہوں سے گم ہو جاتا ہے" لیکن الونیا نے گھبرا کر نظریں جھکا لیں۔ اور علی رضا۔ خدا حافظ کہتا ہوا لمبے لمبے ڈگ بھرتا ہوا غائب ہو گیا اور وہ

اسے جاتے ہوئے دیکھ کر کھڑی رہ گئی تھی — اور - اور آج -
وہی تاریخ تھی ۔ وہی جگہ تھی ۔

پچاس سال کا طویل عرصہ جانے کیسی کیسی اذیتوں تلے کھپ گیا تھا وقت نے علی رضا کو ۸۰ سالہ بوڑھے کے روپ میں بدل دیا تھا - اور آج وہ حسب وعدہ اپنی محبوبہ کا منتظر تھا وہ سوچ رہا تھا "الونیا آہستگی سے چلتے ہوئے آئے گی، اور اس کے قریب کھڑے ہو کر سرگوشی میں کہے گی، واقعی علی تم عام مرد نہیں ہو - تم بہت عظیم ہو، آج تمہیں پاکر مجھے یوں محسوس ہو رہا ہے جیسے وقت کا حسین دھارا ایک بار پھر پیچھے کی طرف دوڑ پڑا ہے "۔ علی سوچ رہا تھا - سگار کے گہرے گہرے کش کھینچ رہا تھا اور کھانستے کھانستے مسکرا رہا تھا اور جب سگار کے گہرے گہرے کش کھینچتے ہوئے وہ بے دم ہو گیا تو اس نے اپنا سر میز پر ٹیک دیا - اور آنکھیں موند لیں - اور ایک بار پھر وہ تھا - الونیا تھی - اور پچاس سال پہلے کی جوان یادیں - تصورات کی مکڑی اپنے تانے بانے تیزی سے بننے لگیں -

ٹھیک بارہ بجے - ایک بوڑھی عورت ہانپتی ہوئی اندر آئی اس کی نگاہیں بے تابی سے مشرقی کھڑکی کے سامنے جھکی ہوئی کرسی پر بیٹھے ہوئے بڈھے پر جا پڑیں اور وہ بے انتہا خوشیاں سنبھالتی ہوئی بوڑھے کے قریب جاکر کھڑی ہو گئی - اور پھر بڑی جذباتی انداز میں بولی،

"علی! میرے علی! تمہاری الونیا آگئی جس کے تم منتظر تھے -"

لیکن بوڑھا یوں ہی میز پر سر ٹیکے اطمینان سے پڑا رہا بوڑھی عورت جذبات سے مغلوب ہو کر پھر دھاڑی - "کیا تم مجھ سے ناراض ہو علی! میں نے تمہیں بہت دکھ دیا ہے مجھے معاف کر دو - علی! میری طرف دیکھو - تم کیا جانو اتنا طویل عرصہ

تم بتاؤ میں نے کس طرح گزارا ہے، لیکن بوڑھا یوں ہی خاموش رہا جیسے سب کچھ سن رہا ہو۔ اور دوسرے لمحے بوڑھی عورت نے جذباتی ہو کر علی کی گردن میں اپنی بانہیں ڈال دیں لیکن لیکن علی رضا ہمیشہ ہمیشہ کے لیے خاموش ہو چکا تھا۔

"— زندگی کے عذاب سے تنگ آکر وہ خودکشی کرنے شہر کی سب سے اونچی عمارت کی بیسویں منزل تک جا پہنچا، مگر خودغرض زمانے نے اس کی جان بچالی، یہ کیسی خود غرضی تھی۔ —"

بیسویں منزل، تیسرا آدمی

صدر بازار کے آخری سرے پر جو ایک اونچی عمارت کھڑی تھی اس کی بیسویں منزل کے آخری فلیٹ کے سب سے اوپری چھجے پر ایک آدمی بیٹھا ہوا نیچے کی طرف جھانک رہا تھا۔ اچانک انیسویں منزل کے ایک آدمی نے اوپر کی طرف دیکھا۔ اور اونچی آواز میں منہ اٹھا کر بولا۔" کیا خودکشی کرنے کا ارادہ ہے؟"

آخری چھجے پر بیٹھا ہوا آدمی ذرا اور نیچے کی طرف کھسک کر بولا۔" ہاں خودکشی کر رہا ہوں۔" اس کی آواز میں غصہ کی شدت تھی۔!

" مذاق کیوں کرتے ہو یار"۔ انیسویں منزل کے آدمی نے ہنستے ہوئے کہا۔

" مذاق کرتا ہوں، ٹھٹھا کرتا ہوں۔ ہاں، ہاں مذاق کرتا ہوں۔ لیکن تمہیں کیا۔؟"

خودکشی کرنے والا غصہ سے چمک کر بولا۔ اور اس کی آواز سن کر عمارت کے ایک سرے سے دوسرے سرے تک کی ساری کھڑکیاں اچانک کھل گئیں۔ بچے عورتیں، مرد سب ہی اوپر منہ اٹھائے اوپر بیٹھے ہوئے آدمی کو دیکھنے لگے۔

"یہ کون ہے!!۔ آخر چاہتا کیا ہے؟"

سب لوگوں کی نگاہوں میں طرح طرح کے سوال تھے۔ لیکن خودکشی کرنے والا آدمی بیسویں منزل کے آخری چھجے پر بڑے اطمینان سے بیٹھا سگریٹ پی رہا تھا۔

اچانک سڑک پر چلتے ہوئے راہگیروں کی نظریں بھی اُوپر اٹھنے لگیں۔ پہلے پیدل چلنے والے فٹ پاتھ پر رک کر اوپر کی طرف تماشا دیکھنے لگے۔ پھر موٹر سائیکل والے رکے اور اوپر کی طرف دیکھنے لگے۔ پھر کاریں، ٹیکسیاں بسیں رکتے رکتے پورا ٹریفک جام ہوگیا۔

"بات کیا ہے آخر۔؟" ایک سپاہی نے ٹریفک کو رکتے دیکھ کر پوچھا۔ "وہ دیکھتے نہیں بیسویں منزل سے ایک آدمی نیچے کودنے والا ہے۔" ایک راہ گیر نے اوپر اشارہ کرتے ہوئے بتایا۔

"کون ہے یہ۔؟" سپاہی نے مزید دریافت کیا۔

لیکن لوگ بڑی دلچسپی سے اوپر بیسویں منزل سے چھلانگ لگانے والے آدمی کو دیکھ رہے تھے۔ تھوڑی سی دیر میں بازار میں آدمیوں کا سمندر ٹھاٹھیں مار رہا تھا۔

ایک مصوّر نے اپنے دوست کہا، کتنا پیارا منظر ہے۔ کاش اس وقت میرے پاس کینوس ہوتا تو میں اس منظر کو پینٹ کرتا۔ ذرا سوچو تو بیسویں منزل کے اوپری چھجے پر بیٹھا ہوا آدمی کس قدر عجیب لگ رہا ہے۔ اور اوپر کی طرف دیکھتی ہوئی حسین عورتیں۔!

مقامی اخبار کا رپورٹر اپنے ساتھی سے بولا۔"کمال ہے یار کتنا جی دار ہے یہ شخص آج شام اس کے لیے ضمیمہ نکالنا پڑے گا۔ اوہ یہ آج کی سب سے بڑی اور دلچسپ خبر ہوگی۔!"

شاعر نے اپنے لمبے بالوں پر ہاتھ پھیرتے ہوئے کہا۔"کتنا رومانٹک سین ہے، محبت بھی عجیب چیز ہے۔ دیکھئے حضور کب نیچے کی طرف تشریف لاتے ہیں۔ اپنی محبوبہ سے روٹھے ہوئے معلوم

ہوتے ہیں ۔"

ایک افسانہ نگار نے اپنے دوست افسانہ نگار کو یاد دلایا "اس آدمی کو دیکھ کر مجھے چیخوف کی مشہور کہانی کلرک کی موت یاد آ گئی ہے۔ یہ بھی کوئی کلرک ہے بیچارہ ۔"

"بکواس ہے ۔ سب بکواس ہے ۔ آخر یہ شخص کودتا کیوں نہیں ۔؟" ایک شخص اپنی گھڑی دیکھتے ہوئے بولا ۔

ایک دوسرا شخص اپنے ساتھی سے کہہ رہا تھا ۔ "یار میں تو بس یہ دیکھنے کے لیے کھڑا ہوں کہ یہ شخص نیچے کی طرف گرتے ہوئے کس طرح لگتا ہے ۔؟"

کانسٹیبل پولیس چوکی کی طرف بھاگا۔ "میں امدادی پولیس لے کر ابھی آتا ہوں ۔ ایک بوڑھا شخص اپنے دوست سے کہہ رہا تھا ۔ "بھئی کمال ہے خودکشی کرنے والے جانے کیوں اس عمارت کا انتخاب کرتے ہیں ۔ اس سے پہلے بھی اس عمارت کی بیسویں منزل سے پچھلے دنوں دو آدمی اور خودکشی کر چکے ہیں ۔"

دوسرا شخص تعجب سے بولا ۔ "تو ۔ تو یہ تیسرا شخص بھی؟"

تھوڑی دیر میں پولیس کی گاڑی بھی آ گئی ۔ پولیس انسپکٹر نے مجمع کو ہٹاتے ہوئے سیٹی بجائی ۔ جب تمام آدمی ادھر ادھر تتر بتر ہو گئے تو اس نے اوپر بیٹھے ہوئے آدمی سے اونچی آواز میں نیچے اترنے کو کہا ۔ لیکن اس کی آواز دوسری منزل سے زیادہ اوپر نہ جا سکی ۔ تب اس نے ہاتھ کے اشارے سے آدمی کو نیچے بلایا لیکن بیسویں منزل کے آخری چھجے پر بیٹھا ہوا آدمی بڑے اطمینان سے سگریٹ پی رہا تھا ۔ دو سپاہی لفٹ کی مدد سے بیسویں

منزل تک گئے لیکن چھجے پر قدم رکھتے ہی ان کے قدم ڈگمگانے لگے۔
اور دل دھڑکنے لگا۔

اس لیے انہوں نے کھڑکی سے منہ نکال کر چھجے کے اوپر بیٹھے ہوئے آدمی کہا، "نیچے۔ نیچے اترو۔ نیچے اترو۔!!"

"آخر کیوں۔؟" کیابات ہے!؟ خودکشی کرنے والا آدمی بولا۔

"تم اوپر کیوں بیٹھے ہو۔؟ نیچے اترو۔ تمہاری وجہ سے ٹریفک رکی ہوئی ہے۔" سپاہی نے زور سے کہا۔

"میں خودکشی کر رہا ہوں۔ تم خاموش رہو۔" خودکشی کرنے والا آدمی ذرا اور نیچے جھک کر کانسٹیبل کو دھمکاتے ہوئے بولا۔

"آخر کیا بات ہے؟ تم خودکشی کیوں کر رہے ہو۔؟" دوسرے کانسٹیبل نے سوال کیا۔

"مجھے دنیا سے نفرت ہے۔ تم سب خود غرض ہو۔" اوپر بیٹھے ہوئے آدمی نے کہا۔ یکایک نیچے کھڑے ہوئے لوگ زور زور سے ہاتھ ہلانے اور چیخنے لگے۔

اوپر بیٹھے ہوئے آدمی نے پوچھا یہ لوگ کیا کہتے ہیں۔؟"

کانسٹیبل نے جواب دیا۔ "کہتے ہیں جلدی کودو۔ جلدی کودو۔ کیونکہ انہیں کھڑے بہت دیر ہوگئی ہے اور اب جلد ہی یہ تماشا دیکھ کر اپنے کاموں کو جانا چاہتے ہیں۔"

بیسویں منزل کے آخری چھجے پر بیٹھے ہوئے آدمی نے غصّہ سے نیچے کی طرف دیکھا جہاں بے انتہا آدمی ہاتھ ہلا ہلا کر اس سے نیچے کودنے

کا مطالبہ کر رہے تھے۔ اس نے سگریٹ کا گہرا کش کھینچا۔ اور پیچھے کی طرف کھڑے ہوئے کانسٹیبلوں کی جانب ہاتھ بڑھا دیے۔

"ایک ایسے مفلس اور بجھو کے لڑکے کی کہانی،
جس نے پیٹ کی خاطر سمندر میں صرف
دس نئے پیسے کے لیے اپنی جان گنوا دی —
زندگی کا ایک بھرپور المیہ۔"

دس پیسے کا سکّہ

میرے شادی ہوئے ابھی کافی عرصہ نہیں ہوا۔ میری بیوی میری طرح خوش مزاج اور حسین ہے۔ میری طرح اسے بھی سمندر پر مچلتی لہریں اور مچلتی لہروں پر بادبانی کشتیاں، بادبانی کشتیوں میں ملاحوں کے ڈوبتے ہوئے ابھرتے گیت پسند ہیں اور کبھی کبھی وہ چاند کا چہرہ تکتے تکتے سب کچھ بھول جاتی ہے اسے قوس و قزح کے رنگوں سے پیار ہے، اس لیے وہ گہرے گہرے رنگوں والیاں ساڑھیاں استعمال کرتی ہے۔

ہر ہفتے کی رات ہم کسی اچھے ہوٹل میں ڈنر کرتے ہیں اور آخری شو دیکھ کر زندگی کے حسین ترین شو میں غرق ہو جاتے ہیں۔ اتوار کی صبح ہم دیر تک سوتے رہتے ہیں۔ ہفتہ کی شام ہم سمندر کے کنارے دیر تک سمندر پر مچلتی ہوئی لہروں کو دیکھتے رہے۔ شام ڈوب رہی تھی... اور ہوا ہلکی ہلکی چال چل رہی تھی اور مغرب کی طرف شفق پھوٹ رہی تھی۔ "یہ کس کا خون آسمان پر بکھر گیا ہے؟ یکایک میری بیوی نے مجھ سے پوچھا" قدرت کے حسن کو خون کہتی ہو پگلی "میں نے اس کے چہرے پر شریر لٹ کو چھیڑتے ہوئے کہا، دور سمندر کی سطح پر کئی کشتیاں ہچکولے کھا رہی تھیں۔ چٹ پٹ چنے بیچنے والا ادھر سے ادھر آوازیں لگاتا ڈول رہا تھا اور ہم سمندر کے بالکل کنارے کھڑے ڈوبتی شام اور پھوٹتی شفق اور اڑتے ہوئے پرندوں کی چہک محسوس کر رہے تھے۔

"بابو جی کرتب دکھاؤں کیا۔؟" ہمارے قریب آ کر پانچ سالہ لڑکے

نے کہا۔

"کرتب۔!" میں نے حیرت سے پوچھا۔

"ہاں جی — صرف ایک روپیہ آپ پانی میں پھینکو۔ اور میں غوطہ مار کر نکال لاؤں گا۔"

"کمال ہے۔"؟ میری بیوی نے میری طرف دیکھ کر کہا

"مگر روپیہ تو بہت ہے۔" میں نے سودا کرنا چاہا۔

"تب بابو جی آٹھ آنے ہی پھینکو۔۔۔ ننگا ملنگا لڑکا میری طرف دیکھ کر بولا۔" صبح سے آج بکھری نہیں ہوئی صاحب صبح سے بھوکا ہوں۔"

"ہم سب بھوکے ہیں۔" میں نے بے رخی سے کہا۔ دنیا کا ہر انسان بھوکا ہے۔ اور ہوس شاید کسی کی عمر بھر نہ پوری ہو سکے۔ ہم جتنا کماتے ہیں اتنا ہی کم ہے۔"!

"پھر بیگم صاحب۔" لڑکے نے میری بے رخی دیکھ کر میری بیوی سے کہا اور بیوی کے بجائے میں نے جیب سے دس پیسے نکال کر ہوا میں اچھالتے ہوئے کہا۔" اگر دس پیسے لینے ہیں تو کرتب دکھاؤ۔ ورنہ اپنی راہ لو۔"

"دس پیسے؟" لڑکے نے سوالیہ نظروں سے میری طرف دیکھا۔

"اوہ" دیکھو دیکھو۔ ابھرتا چاند کس قدر حسین لگ رہا ہے۔ یہ ہوا، سمندر کا اڑتا ہوا جھاگ، اور حسین رات" اف کتنا اچھا لگتا ہے"۔ میری بیوی نے پرکیف ماحول سے متاثر ہو کر شاعری کی۔

"پیٹ میں روٹی۔ اور جیب میں پیسہ ہو تو سب کچھ اچھا لگتا ہے۔" لڑکے نے جل کر کہا۔ اور "پھر" وہ سمندر کے اور قریب ہو گیا۔ جیسے کرتب دکھانے کے لیے تیار ہو۔

میں نے اپنی بیوی کا نرم ہاتھ تھاما اور لڑکے کے قریب ہوگیا۔ لڑکے نے میری طرف دیکھا۔ جیسے کہہ رہا ہو۔" دس پیسے ہی پھینکو نا؟"

دس نئے پیسے کے سکے کو میں نے ایک بار ہوا میں اچھالا اور سمندر میں پھینک دیا۔ اور اس لمحہ لڑکے نے بھی سمندر میں چھلانگ لگادی۔ میری بیوی لڑکے کی اچانک حرکت پر گھبرا سی گئی۔ اور میں نے اس لمحہ کچھ ایسا محسوس کیا جیسے کسی نے گوشت کا ایک چھوٹا ٹکڑا اپنے آنگن سے ہوا میں اچھال دیا ہو اور ہوا میں اڑتا ہوا بھوکا گدھ اس پر ایک دم جھپٹ پڑا ہو۔

لڑکے کے سمندر میں کودنے سے پانی اوپر کی طرف اٹھ گیا ہو۔ پھر لہروں کا ارتعاش بڑھ گیا اور پھر لہریں ابھرنے اور ڈوبنے لگیں۔ کئی سیکنڈ تک ہم سمندر کو غور سے دیکھتے رہے۔ میں نے سوچا۔" سمندر کتنا امیر ہے۔ وہ سونا بھی اگلتا ہے اور خوبصورت سیپیاں بھی! اور سمندر کتنا حسین ہے۔ جسے دیکھ کر ہم اپنے دکھ اور غم کچھ دیر کے لیے بھول جاتے ہیں۔!

جب کافی دیر ہوگئی اور لڑکا سمندر سے نہ ابھرا تو میری بیوی نے میری طرف دیکھ کر کہا۔" لڑکا کہاں گیا؟" تم نے نہیں دیکھا۔؟ وہ پیسہ کی تلاش میں کودا تھا۔ اور اس کی تلاش میں سمندر سے لڑ رہا ہے اور کچھ دیر بعد وہ دس پیسے کا سکہ لے کر مسکراتا ہوا نکلے گا اور اپنی بھوک مٹائے گا۔ لیکن چار منٹ بعد بھی لڑکا سمندر سے نہ نکلا۔ میری بیوی نے پھر گھبرا کر پوچھا۔" سنتے ہو۔ لڑکا کہاں گیا۔"؟

"لڑکا۔؟" اب کی بار میں بھی پریشان تھا کہیں سمندر نے اُسے نگل نہیں لیا۔ میں نے گھبرا کر سوچا۔

"سمندر اتنا بے رحم نہیں ہو سکتا" میری بیوی نے گھبرا کر خود سے کہا۔

پھر میں نے کچھ ایسا محسوس کیا۔ جیسے لڑکا ہچکولے کھاتی ہوئی کشتی میں بیٹھا اسے کھے رہا ہو اور ملاحوں کے گیت نوحوں میں تبدیل ہو گئے ہوں۔ اور شفق نے خون کا روپ دھار لیا ہو۔ "کسی نے ہمیں دیکھ لیا۔ تو۔ تو" میری بیوی نے مجھے یاد دلایا۔ ہم دونوں تیزی سے پیچھے کی طرف بھاگنے لگے۔ اب مجھے کچھ دکھائی نہیں دے رہا تھا صرف موہوم موہوم سی آوازیں سنائی دے رہی ہیں۔

دس نئے پیسے کا سکہ۔ موت۔ زندگی۔ بھوک۔ خون!!!

"دل کے ہاتھوں موت اور زندگی کی کشمکش
میں مبتلا ایک ایسے شخص کا قصہ جس کے سینے
میں ایک دوسرا دل منتقل کر دیا گیا مگر پرائے دل
کی اجنبی سی دھڑکنوں نے اس کی جان
لے ڈالی۔"

پرایادل

ناصر ابھی ابھی اپنی ڈسپنسری میں آکر بیٹھے ہی تھے کہ ملازم نے ان کے سامنے ایک پرچی رکھ دی۔ ڈاکٹر نے پرچی پر لکھا ہوا نام پڑھا اور جیسے خود ہی مسکرا دیے۔ پھر انہوں نے کہا، "ان صاحب کو بھیج دو۔"

ڈاکٹر ناصر اس مریض کے بارے میں سوچنے لگے جس کا انتقالِ قلب کا اپریشن انھوں نے پچھلے دنوں کیا تھا۔ یہ دل کی منتقلی کا ان کا پہلا کام یاب تجربہ تھا۔ اس کام یاب تجربے کی بنا پر ڈاکٹر کا نام ہر طرف نکلتے سورج کی روشنی کی مانند پھیل گیا تھا۔

اخبارات نے ان سے متعلق خبریں تصاویر کے ساتھ شائع کی تھیں اور ملک کے نامور صحافیوں نے ان کے انٹرویو نمایاں طور پر شائع کیے تھے۔ واقعی سائنس کی دنیا میں ڈاکٹر ناصر نے ایک بڑے کارنامے کا اضافہ کیا تھا۔

لوگوں کے درمیان جب بھی اس مشہور اپریشن کا قصہ دہرایا جاتا تو ڈاکٹر ناصر کے ساتھ ساتھ مریض عامر کا نام بھی بڑی دلچسپی کے ساتھ لیا جاتا۔ اس آپریشن کو ہوئے ایک ماہ کا عرصہ گزر چکا تھا، مگر اس بات کا چرچا ابھی تک لوگوں کی زبان پر تھا۔ اس اپریشن کی بنا پر ڈاکٹر ناصر ملک ہی نہیں بلکہ دنیا بھر میں ایک مشہور شخصیت بن گئے تھے۔ لیکن.... لیکن آج صبح ہی صبح وہ مریض اُن کے پاس پھر کیوں چلا آیا؟

ہلکی سی آہٹ کے ساتھ پردہ کھلا اور ڈاکٹر کا مشہور مریض عامر کمرے میں داخل ہو کر جیسے کرسی پر نڈھال ہو کر سا گر پڑا اس کے بال بکھرے ہوئے تھے اور ٹائی کی ناٹ ڈھیلی ہو کر نیچے کھسک آئی تھی اور چہرے سے وہ بے حد مضطرب دکھائی دیتا تھا۔

ڈاکٹر نے مسکرا کر اس سے مصافحہ کیا اور اس سے پہلے کہ ڈاکٹر اس سے اس کی خیریت دریافت کرتے وہ خود ہی جذباتی ہو کر بولا، " ڈاکٹر! خدا کے واسطے مجھے بچا لیجئے میں..... میں بے انتہا پریشان ہوں۔"

ڈاکٹر نامر عادتاً مسکرائے " مجھے بتایئے آپ کو کیا تکلیف ہے؟"

مریض پھر جذباتی ہو گیا۔" ڈاکٹر! پہلے بھی میں نے دل کے ہاتھوں مجبور ہو کر اپریشن کی اجازت دی تھی۔ اور آج پھر دل کے ہاتھوں مجبور ہو کر میں آپ کے پاس آیا ہوں۔ خدارا ڈاکٹر۔ مجھے اس عذاب سے نجات دلایئے۔ یہ دل میرا نہیں۔ ڈاکٹر، یہ دل پرایا ہے اور اس کی دھڑکنیں میرے لیے اجنبی ہیں۔"

یکایک ڈاکٹر نامر سنجیدہ ہو گئے، " مسٹر عامر! یہ آپ کیا کہہ رہے ہیں؟ یہ سب کیوں کر ممکن ہے؟ آپ جانتے ہیں کہ یہ تجربہ میری رات دن کی انتھک محنت کا پھل ہے۔ آپ کا دل تو بے کار ہو چکا تھا اگر میں یہ دل منتقل نہ کرتا تو یقیناً آپ آج زندہ نہ رہتے۔"

" کاش ..... کاش یوں ہی ہوتا۔ ڈاکٹر، مجھے وہ موت پیاری تھی کاش میں پہلے ہی جانتا کہ پرایا دل پرایا ہوتا ہے، اس کی ہر دھڑکن اجنبی ہوتی ہے اور اس کی اپنی الگ خواہشات ہوتی ہیں۔ خدارا ڈاکٹر مجھے میرا پرانا دل لوٹا دیجئے۔"

" مسٹر عامر، بچے نہ بنیے۔ شکر کیجئے کہ آپ ایٹم کے اس دور میں سائنس

سے رہے ہیں جب کہ انسان موت پر عبور حاصل کرنے کی کوشش میں سرگرداں ہے۔ ہوسکتا ہے کہ چند سالوں میں مردوں کو پھر سے زندہ کیا جاسکے اور یہ بھی اسی دور کی کرامت ہے کہ آپ کے سینے میں دوسرے انسان کا دل دھڑکتا ہے۔"

مریض پھر بے قابو ہو گیا، "کاش ڈاکٹر! میں پتھر کے اس دور میں پیدا ہوا تھا جب انسان اتنی اونچی باتیں سوچ بھی نہیں سکتا تھا کم ازکم میں جو آج تکلیف محسوس کر رہا ہوں، اس سے تو بچا رہتا۔"

ڈاکٹر نے پہلو بدلا اور مریض سے پوچھا، "آپ کس تکلیف کی بات کر رہے ہیں؟ میرے پاس ہر تکلیف کا علاج موجود ہے۔"

مریض طنزیہ بولا، "آپ اسے تکلیف کہہ رہے ہیں ڈاکٹر! میری روح درد سے کراہ رہی ہے۔ انسانیت میرے اندر ٹوٹ ٹوٹ کر بکھر رہی ہے اور میں اس نئے دل کے ہاتھوں مجبور ہوکر ایسے ایسے کام کرتا ہوں کہ خود مجھے اپنے آپ سے گھن آنے لگی ہے یقین جانیے ڈاکٹر، اپریشن سے پہلے میں بے حد شریف تھا۔ میرا دل ایک عورت سے آشنا تھا جو میری منکوحہ بیوی تھا۔ میں خود غرض نہیں تھا۔ میں نے کبھی شراب نہیں چکھی تھی، مگر آپ نے جب سے یہ اجنبی دل میرے سینے میں منتقل کیا ہے سچ جانیے ڈاکٹر، یہ دل چاہتا ہے کہ میں اپنی بیوی کو دھوکا دوں، بازاری عورتوں کے ساتھ رنگ رنگیلیاں مناؤں۔ یہ دل چاہتا ہے کہ شراب خانے میں اوندھا پڑا رہوں، میں چوری کروں، ڈاکے ڈالوں، ریس کھیلوں آپ یقین جانیے اس دل کے ہاتھوں میں مجبور ہوکر یہ سب باتیں کرتا ہوں۔ میں کتنا مجبور ہوں ڈاکٹر۔ یہ مجبوری کیسی ہے۔؟"

مریض کی باتیں سن کر ڈاکٹر ناصر عادتاً مسکرائے اور بولے ،" میرے دوست! آپ کسی نفسیاتی بیماری کا شکار ہیں ۔ آپ یہ شاید نہیں جانتے کہ سائنس نے یہ ثابت کر دیا ہے کہ انسان کی حرکات و سکنات کا تعلق دل سے نہیں بلکہ دماغ سے ہے ۔ دل تو صرف ایک ایسا آلہ ہے جو ہمارے جسم میں خون کے دوران کو یکساں قائم رکھتا ہے ۔"

مریض ڈاکٹر کی بات کو کاٹتے ہوئے بولا ،" ڈاکٹر اگر آپ میرا پرانا دل منتقل نہیں کر سکتے تو مجھے تھوڑا سا زہر دے دیجئے تاکہ میں اسے کھا کر مر جاؤں ۔ میں نہیں چاہتا کہ میں چوری کروں ، شراب پیوں ، اپنی بیوی پر ظلم ڈھاؤں ۔ میں پہلے جیسا شریف آدمی بننا چاہتا ہوں ۔ خدارا میری مدد کیجئے ۔"

اچانک ڈاکٹر کے ذہن میں ایک عجیب سا خیال ابھرا ۔ وہ جیسے اپنے آپ سے بولے ،" ہو سکتا ہے! ہو سکتا ہے ۔" پھر ڈاکٹر نے مسکراتے ہوئے مریض سے کہا ،" آپ فکر نہ کریں ، اس سلسلے میں آپ کی ہر ممکن مدد کرنے کے لیے تیار ہوں ، لیکن کچھ دن کے لیے مہلت دے دیجئے ۔ خدا نے چاہا تو سب ٹھیک ہو جائے گا ۔"

مریض عامر جا چکا تھا اور ڈاکٹر ناصر کافی کی پیالی میں ڈوبے ہوئے بیڈ نمبر ۹ کے اس مریض کے بارے میں سوچ رہے تھے جس کا دل عین مرتے وقت نکال کر انھوں نے عامر کے سینے میں جوڑ دیا تھا یکایک وہ اٹھ کھڑے ہوئے جیسے اچانک کسی فیصلے پر پہنچ گئے ہوں ۔ فائیلوں میں سے انہوں نے بیڈ نمبر ۹ کے مریض کا ذاتی فائل نکالا اور مطالعہ کرنے لگے ۔ ایک بار پھر وہ حیرت میں ڈوب گئے ۔ بیڈ نمبر ۹ کے مریض کے ذاتی فائل میں

تحریر تھا، "یہ شخص عادی مجرم ہے، دو طوائفوں کو قتل کر چکا ہے، شراب پینا، جوا کھیلنا، اس کے لیے معمولی بات ہے۔ اچانک جیل سے فرار ہونے کی کوشش میں پولیس کی گولی لگنے کی وجہ سے اُسی طبی مدد کے لیے جیلر کے حکم سے ڈاکٹر ناصر کے پاس بھیجا جا رہا ہے۔"

یہ تمام باتیں ڈاکٹر ناصر کو معلوم تھیں، مگر وہ یہ سوچ بھی نہ سکتے تھے کہ ایک عادی مجرم کا دل بھی ایسا ہو سکتا ہے اسی لیے انہوں نے اس کے کردار کو اتنی اہمیت نہ دی تھی، مگر آج وہ واقعی پریشان تھے۔ کیا یہ تمام باتیں ممکنات میں سے ہیں؟ وہ ساری رات بستر پر کروٹیں بدلتے رہے۔ صبح کو وہ سرخ آنکھوں کو لیے ہوئے باتھ روم گئے اور پھر ناشتہ کرتے ہوئے اخبار پڑھا یکایک اُن کی نگاہیں ایک خبر پر جم گئیں۔

قاتل نے دو طوائفوں کو قتل کر کے خود اوپر کی منزل سے چھلانگ لگادی

۲۲ فروری داستاف رپورٹر) آج رات ۱۲ بجے ایک آدمی جس کا نام عامر تھا، بازارِ حسن کی دو طوائفوں کو اس نے بے دردی سے قتل کردیا اور دیوانہ وار دوسری منزل سے نیچے چھلانگ لگا کر خود بھی ہلاک ہوگیا۔ یاد رہے کہ قاتل عامر وہی مشہور مریض تھا جس کے قلب کا اپریشن مشہور سرجن ڈاکٹر ناصر نے کیا تھا اور اس کے سینے میں ایک دوسرے انسان کا دل بڑی کامیابی سے منتقل کردیا تھا۔ مزید انکشافات کا انتظار ہے۔

ڈاکٹر ناصر نے اس خبر کو کئی بار پڑھا، پھر وہ بڑبڑائے، "ہم کے اس ترقی یافتہ دور میں بھی ہم قدرت کے ہاتھوں کتنے بے بس اور مجبور ہیں۔"